H. A. Müller

Die Ruinen des Klosters Hude im Großherzogthum Oldenburg

Antigonos

H. A. Müller

Die Ruinen des Klosters Hude im Großherzogthum Oldenburg

Unveränderter Nachdruck der Originalausgabe von 1867.

1. Auflage 2024 | ISBN: 978-3-38616-255-5

Antigonos Verlag ist ein Imprint der Outlook Verlagsgesellschaft mbH.

Verlag: Outlook Verlag GmbH, Zeilweg 44, 60439 Frankfurt, Deutschland, info@outlook-verlag.de
Vertretungsberechtigt: E. Roepke, Zeilweg 44, 60439 Frankfurt, Deutschland
Druck: Libri Plureos GmbH, Friedensallee 273, 22763 Hamburg, Deutschland

Die
Ruinen des Klosters Hude

im

Grossherzogthum Oldenburg.

Von

Dr. H. A. Müller.

Mit einer Ansicht und einem Grundriß von Kloster Hude.

Bremen.

Verlag von C. Ed. Müller.

1867.

I. Die Oertlichkeit.

Wer auf dem neuen Schienenwege, durch welchen endlich auch die Residenz des Großherzogthums Oldenburg und weiter nördlich der preußische Kriegshafen Heppens dem deutschen Eisenbahnnetze sich angeschlossen hat, vom Bremer Hauptbahnhofe aus die stattliche Eisenbahnbrücke am unteren Ende der alten Hansestadt, und am linken Weser= ufer das zierliche gothische Bahnhofsgebäude mit seinem buntglasirten Ziegeldache im Rücken hat, sieht sich anfangs in einer baum= und wiesenreichen Landschaft, deren kleine Binnengewässer von Gitterbrücken überbaut sind. Hinter Delmenhorst aber wird die Gegend allmählich kahler und öder; die Bahn durchschneidet Strecken dürrer Haide, rol= lenden Flugsandes und dunkler Torfmoore, bis sie kaum über die Hälfte des Weges zwischen Bremen und Olden= burg hinaus, im Kirchspiele Hude, an eine liebliche Oase gelangt, deren reichen und doch so fragmentarischen Inhalt der Reisende auch dann noch nicht ahnt, wenn er auf dem Bahnhofe in Hude einen Ruhepunct macht. Eben so geht es dem über Wösting von Oldenburg Kommenden. Die

Ueberraschung ist für ihn nicht minder groß. Und um sich
an dem in dieser Oase schon seit Jahrhunderten sprudelnden
klaren Quell, ihrem eigentlichen Kern zu erfreuen, dazu be=
darf es jetzt vom Huder Bahnhofe aus nur einer Viertel=
stunde. Sie führt uns zu jenen herrlichen Klosterruinen,
die sich auf der Besitzung des Herrn von Witzleben
im westlichen Theile seines Gartens, überragt und umrankt
von dem üppigsten Grün, seit mehr als drei Jahrhunderten
in immer gleichem Zustande erheben. Wie viel mühsamer
und länger war vor der Erbauung der Eisenstraße der Weg,
auf dem die Bremer Freunde der Kunst und Romantik zu
diesem architektonischen Schatze zu pilgern pflegten! Sie
folgten entweder zunächst der Wasserstraße bis unterhalb
Vegesack zu dem Dorfe Warfleth im Lande der Stedinger,
historischen Andenkens als muthmaßliche Grabstätte der 1234
in der Schlacht bei Altenesch gefallenen sechstausend Bauern,
wanderten dann längs dem Uferdeiche eine halbe Stunde den
Strom hinab und wandten sich links landeinwärts in eine
grüne Marschebene, die, von Gräben und Binnenflüßchen
durchfurcht und mit langen Weidenalleen bepflanzt, sich bis
zu dem Hauptorte des Stedingerlandes, dem freundlichen
Berne hinzieht. Das hat einen schlanken, spitzen Kirch=
thurm, der ringsum meilenweit in die Ebene hineinschaut.
Und von Berne aus ging's fast noch zwei Stunden weit
ins Land hinein auf niedrigem, weidenbesäumtem Pfade,
der sich allmählich in schwärzliches Moor und hohes Gras=
gestrüpp verwandelt, bis das dunkle Laub der hohen Tannen
und Buchen die Nähe der verheißenen Oase ahnen läßt.
Das mochte von Warfleth aus immerhin ein Marsch von
drei Stunden sein, nach dessen geringen Annehmlichkeiten

wir uns jetzt, nach der Eröffnung der Eisenbahn, wahrlich nicht zurücksehnen. Der zweite der früheren Wege von Bremen oder von Oldenburg aus war die wohlgepflasterte Landstraße bis zu dem Posthause Sandersfelden, von wo der Weg nach Norden hin durch eine wahre Einöde von Sand, Moor und Haide eine Stunde weit nach Hude führt. Beide Routen gehören seit dem Eröffnungstage der Eisenbahn zu den glücklich überwundenen Standpuncten. Von nun an erreichen wir von Bremen in drei Viertelstunden, von Oldenburg in etwas kürzerer Zeit das Kloster Hude, um der näheren Besichtigung und der Erforschung jener Ruinen der ehemaligen Klosterkirche einige Stunden zu widmen. Ganz umgeben von hohen Bäumen liegen sie in dem durch die Güte seines Besitzers stets offen gehaltenen Garten, an den sich in unmittelbarer Nähe ein Gasthaus anschließt, dessen Inhaber, Herr Sosath, Alles aufbietet, um für die Besucher von Hude den Aufenthalt auch in materieller Hinsicht angenehm zu machen. Sein Haus ist geräumig genug, um einer ziemlichen Anzahl von Fremden auch für längere Zeit ein Obdach zu gewähren.

Die Ruinen von Hude sind als mächtiges, großartiges Denkmal der Vergangenheit sowohl durch ihre Lage und Umgebung, wie durch ihre Construction und architektonische Schönheit in hohem Grade geeignet, dem Freunde der Natur, wie dem Freunde der Kunst das größte Interesse abzugewinnen. Und als mittelalterliche Ruine aus reinem, festem, rothem Backstein sind sie meines Wissens die einzigen des niedersächsischen Gaues; sollte es deren noch andere geben, so kommen sie an Größe, Festigkeit und Schönheit dem des Klosters Hude gewiß nicht gleich.

Kein Wunder daher, daß sie während der letzten De=
cennien mit dem immer zunehmenden Studium der histori=
schen und künstlerischen Denkmale unserer Vorzeit immer
häufiger das Ziel der Ausflüge von Osten und Westen her
wurden, und daß in Folge dieser Ausflüge auch manche
mehr oder weniger eingehende Notizen über Hude erschienen.
Aber es hatte bisher sein Bewenden bei Aufschlüssen, welche
entweder von Mangel an hinlänglicher Kenntniß der archi=
tektonischen Formen zeugten, oder keinen andern Anspruch,
als den flüchtiger Bemerkungen machten, oder die Quellen
der Geschichte des Klosters und insbesondere seiner Ent=
stehung nicht hinreichend erforscht hatten.*)

---

*) Zu den Aufschlüssen der ersten Art gehört das bereits 1826
erschienene, für seine Zeit sehr nützliche, jetzt selten gewordene
Büchlein des Pastor Muhle, „das Kloster Hude im Herzogthum
Oldenburg", dem wenigstens das große Verdienst nicht abzu=
sprechen ist, zuerst auf die Schönheit der Ruinen aufmerksam ge=
macht und die meisten der das Kloster betreffenden historischen
Thatsachen und Urkunden zusammengestellt zu haben. Erst 24 Jahre
später wies der bekannte Conservator der Preußischen Kunstdenk=
mäler, der Geh. Regierungsrath von Quast, im Preußischen
Staatsanzeiger 1850 Nr. 60 auf die architektonische Wichtigkeit
der Klosterruinen von Hude hin, ging aber wenig in den histo=
rischen Theil und die baulichen Details ein. 1854 gab ich im
„Deutschen Kunstblatt" (S. 256 und ff.) eine Beschreibung von
Hude und versuchte aus dem Vorhandenen den ehemaligen Grund=
riß und die Beschaffenheit des Aufbaues der Klosterkirche zu
reconstruiren, mußte es aber, eben so wie zwei Jahre später
Hermann Allmers („Deutsches Kunstblatt" 1856. S. 19 ff.)
in seiner gemüthvoll poetischen Beschreibung an den nothwendigen
Zeichnungen fehlen lassen. Diesen Mangel ergänzte der Ingenieur
Wilh. Stock in den „mittelalterlichen Baudenkmälern Nieder=
sachsens" Heft 9. 1865, der aber im historischen Theile die nöthigen
Forschungen vermissen läßt und in Betreff der Chorpartie der
Kirche Vermuthungen aufstellt, die ich nicht zu theilen vermag.

II. Geschichtliches.

Die frühste Nachricht von der angeblichen Existenz eines Klosters zu Hude weis't uns in das Jahr 1079. Daß sie aber auf die vorhandenen Ruinen nicht im entferntesten paßt und nichts mit ihnen zu schaffen haben kann, bedarf kaum eines Beweises. Denn erstens gehören die vorhandenen Ruinen, wie die historischen Nachrichten einstimmig sagen und die ursprüngliche Beschaffenheit des Grundrisses bestätigt, einer Cisterzienser-Kirche an; die Cisterzienser aber siedelten sich erst im zweiten Viertel des zwölften Jahrhunderts von Frankreich aus, wo sie bekanntlich in Citeaux (unweit Dijon) ihr Mutterkloster hatten, in Deutschland an; zweitens ist es dem in der Geschichte der Baukunst einigermaßen Bewanderten auf den ersten Blick klar, daß die vorhandenen Ruinen mit ihren Spitzbogen nicht aus dem elften Jahrhundert stammen können; drittens widerspricht das Jahr 1079 in der Weise der Rasteder Chronik und einer anderen unten zu erwähnenden Urkunde aus dem Jahre 1236, daß man auch nicht einmal annehmen kann, es habe in Hude an der Stelle der jetzigen Ruinen vorher eine noch ältere Klosterkirche gestanden.

Ein anderer Chronist giebt als die Gründungszeit von Hude das Jahr 1190 an. Aber das ist offenbar nichts als eine Verwechselung mit dem drei Stunden entfernt liegenden Bergedorf, das ebenfalls eine Klosterkirche besaß, als deren Gründer der Graf Moritz von Oldenburg und seine Mutter Kunigunde in einer Urkunde genannt werden. Dieser Moritz lebte zur Zeit des Bremischen Erzbischofes Hartwig, nämlich von 1167—1217, so daß die Gründung der Klosterkirche von Bergedorf, die, wie wir sehen werden, mit Hude in enge Verbindung trat, wahrscheinlich 1190 geschah. In Bergedorf existirte aber schon früher, zufolge der Rasteder Chronik, eine der heil. Margaretha gewidmete Kapelle; und wenn es heißt, daß der Sohn des Grafen Elimar I., Otto, der 1119 auf einem Turnier zu Göttingen war und 1130 starb, hier begraben lag, so ist damit gewiß diese Kapelle gemeint. Die in Bergedorf 1190 erbaute Kirche war aber noch keine Kirche von Cisterziensermönchen, sondern ein Nonnenkloster, was daraus hervorgeht, daß das Michaeliskloster von Bremen um jene Zeit dorthin verlegt wurde. Wann aber die Nonnen, vielleicht Cisterzienserinnen (denn auch Deutschland war vom 12. Jahrhundert an mit mit Cisterziensernonnenklöstern reich gesegnet), dort weggezogen oder ausgestorben sein mögen, läßt sich schwerlich ermitteln. So viel ist gewiß, daß wir schon wenige Jahrzehnte nach= her in Bergedorf Cisterziensermönche finden; denn es heißt ausdrücklich in einer Urkunde, daß Cisterziensermönche in Bergedorf den genannten Grafen Moritz von Olden= burg um Abtretung von Ländereien bei Hude baten, weil ihr bisheriges Terrain allzu dürr und sandig (locus nimis aridus) war; Andere setzen noch hinzu, weil sie in Berge= dorf von den Stedingern zu sehr angefeindet wurden. Die Bitte wurde ihnen gewährt: sie erhielten diese Ländereien und siedelten sich in Hude an, bekamen aber noch keine eigentliche Klosterkirche, sondern, wie es in der Rasteder Chronik heißt, nur kleine Hütten und armselige Wohnungen. Ob die gegen Adel und Geistlichkeit stets aufrührerischen Stedinger bereits die Mönche, als sie noch in Bergedorf wohnten, wirklich anfeindeten, will ich dahingestellt sein lassen; in

Hude wenigstens waren sie solchen Anfeindungen vielfach ausgesetzt. Als sie nämlich unter dem Abt Konrad, der diese Würde von 1230—1234 bekleidete, darauf bedacht waren, ein Kloster zu bauen (claustrum aedificare nitebantur), kamen eben um diese Zeit die Stedinger und zerstörten die bisherigen Niederlassungen der Bergedorf-Huder Mönche. Allen diesen Uebelständen, diesem Unheil machte bald nachher, 1234, die Schlacht bei Altenesch, in der die Stedinger völlig besiegt wurden, ein Ende, so daß die Mönche nun nichts mehr von diesen ihren gefährlichen Nachbarn, den gottlosen Kirchenverächtern zu fürchten hatten.

Daß nun der Bau einer wirklichen Klosterkirche 1236 begann, darüber liegt aus diesem Jahre ein unantastbares Document vor, welches Heinrich der Bogener zu Wildeshausen mit Bewilligung seiner Mutter Kunigunde ausstellte. Es heißt darin, daß die Kirche der Cisterzienser an dem Orte, der gewöhnlich Hutha heißt und jetzt den Namen rubus (der Brombeerstrauch, die Brombeere) Sanctae Mariae erhielt, angefangen worden ist. Mit dieser Jahreszahl 1236 steht der bauliche Stil der vorhandenen Ruinen völlig im Einklang; damit stimmt auch ganz wohl eine 1272 in Bremen ausgestellte Urkunde, in welcher die Gräfin Richenza von Hoya und ihre Söhne, Otto III., Graf von Delmenhorst, Christian, Graf zu Oldenburg, Moritz, Domherr in Bremen und Propst in Wildeshausen, und der früh verstorbene Heinrich die Gründer des Klosters, welches der Hafen der heil. Maria heißt, genannt werden. Diese waren nämlich 1236 alle noch am Leben.

Das Gründungsjahr 1236 steht also fest; dagegen läßt sich das Jahr der Vollendung des Baues historisch

nicht mit Sicherheit feststellen. So viel aber ist wahr=
scheinlich, daß der Bau der Klosterkirche selbst schwerlich in
sehr verschiedene Zeiträume fällt, wenigstens ist das Vor=
handene ganz und gar aus Einem Gusse, wie sich denn
auch aus dem Beispiele vieler anderen Cisterzienserkirchen
schließen läßt, daß man nicht nöthig hat, größere bauliche
Veränderungen in den folgenden Jahrhunderten anzunehmen.

Wie alle Cisterzienserklöster, so war also auch das zu
Hude der heil. Jungfrau geweiht und galt als ein für ihre
Verehrung sehr günstiger, passend gelegener Platz, weshalb
es in jener Stelle der Rasteder Chronik weiter heißt:
„Freuen muß sich die Mutter Gottes, für ihre Diener
einen so vortrefflichen Ort gefunden zu haben". Die Namen,
welche das Kloster als solches in den Urkunden und Schrift=
stellern führt, sind entweder „die Brombeere der heiligen
Maria" (rubus Sanctae Mariae), von den damals dort
in großer Menge wachsenden Brombeeren, oder „Marien=
kloster des Cisterzienserordens der Bremischen Diöcese", oder
noch gewöhnlicher „Kloster (oder Kirche) des Hafens der
Maria", oder der „Maria vom Hafen" (conventus, eccle-
sia portus S. Mariae, conventus Mariae de portu oder
in portu), oder schlechthin „Monnikenhude". Warum der
Begriff Hafen und der dadurch gewährten Sicherheit
herbeigezogen ist, sieht man deutlich aus dem damit ver=
bundenen Namen Hutha, Hude, der zwar in weiterem
Sinne zu erklären ist für die Hut, also für einen Ort
des Schutzes und der Sicherheit, im engeren Sinne aber
(hude, hyd bei den Angelsachsen) für einen zum Landen
der Schiffer bequemen Ort*). Zur Bestätigung dieser Er=

---

*) Vergl. Lappenberg, Lorich's Elbkarte, S. 67.

klärung können alle älteren Oerter Norddeutschlands dienen, die sich auf Hude endigen: sie liegen alle an größeren oder kleineren Flüssen. Beispiele davon sind in der Umgegend von Bremen und Hamburg zahlreich zu finden. Eben so verhält es sich mit den im ältesten Bremischen Erbebuche vorkommenden Straßennamen auf Hude, z. B. Martens-, Willehads-, Hilkenhude: sie lagen sämmtlich nahe dem Weser-flusse. Auch heißt der Lagerplatz an der Alster auf dem Heidkruger Felde, wo aus- und eingeschifft wird, Hude.*) Ein zum Landen der Schiffer bequemer Ort ist nun freilich unser Hude nicht, weil es vom Flusse weit ab liegt; aber die Benennung „Hafen der Maria" (portus S. Mariae) ist darauf zurückzuführen.

Aus der nach der Zeit der Erbauung folgenden Ge-schichte unseres Klosters hebe ich nur diejenigen Thatsachen und Notizen hervor, welche irgendwie auf die Größe oder die Beschaffenheit der Kirche und der Klostergebäude einen Schluß gestatten, oder die wirklichen Schicksale derselben betreffen.

Ein solcher Schluß läßt sich zunächst aus den vielen Unruhen und Anfeindungen ziehen, welche das Kloster wäh-rend des ersten Jahrhunderts seines Bestehens zu ertragen hatte. Das Heiligthum des Hafens wurde von manchen Stürmen heimgesucht. Diese Anfeindungen waren wahr-scheinlich die Folge großartiger Schenkungen und Vermächt-nisse, die dem Kloster gewiß häufig zum Nachtheil der Erb-berechtigten gemacht wurden. In der That finden wir es gar bald immer reicher, seine Besitzungen immer ausgedehnter

---

*) Schröder, Topographie Holsteins, S. 281.

werden. So bereits in den Jahren 1237 und 1272, wo es niederstedingische Güter erhält, unter denen besonders hervorgehoben wird, daß dabei ein Grundstück sich befand, welches zur erzbischöflichen Kapelle in Bremen gehörte.*) Man mochte also schon im 13. Jahrhundert mit großem Neid auf die dem Kloster von allen Seiten zufließenden Gaben blicken. Es wird uns wenigstens erzählt, daß die Oldenburgischen Grafen Ludolf und Heinrich, sehr unähnlich ihrem Vetter Heinrich dem Bogener, das Kloster bedrückt, und daß, wenn Pilger aus der Ferne zum Gnadenbilde der Mutter Gottes nach Hude wallfahrten, um sich durch darzubringende Geschenke den Weg zum Himmel zu öffnen, die Wegelagerer ihnen aufgelauert und ihnen die Gaben abgenommen hätten. Die Mönche wandten sich daher an ihren Erzbischof Gerhard II., der, wie es scheint, seinerseits sogar die Hülfe des Papstes anrief. Und wirklich äußerte Alexander IV. nicht allein sein Herzeleid über die von Uebel=thätern den Mönchen zugefügten Frevel und Unbilden, son=dern sprach auch nachher den Bann aus über diejenigen, „welche die Besitzungen der Mönche zu Hude, sei's die be=weglichen oder die unbeweglichen Güter, unehrerbietig an=tasteten, und ungerechter Weise ihnen das vorenthielten, was ihnen testamentarisch vermacht wäre".

---

*) Mit Bremen haben überhaupt die Huder Mönche manche Verbindungen gehabt: sie besaßen hier eine vom Erzbischof Bur=chard 1328 dem Kloster tauschweise überlassene Kapelle, die an der Balgebrückstraße belegene St. Jürgen= (d. h. St. Georgs=) Kapelle, die nachher unter dem Namen „Delmenhorster Hof" eine Curie der Oldenburger Grafen war und diese Benennung auch in ihrer späteren Eigenschaft als Wirthshaus bis in eine ziemlich junge Vergangenheit beibehielt.

Diese Maaßregel scheint einigermaßen gefruchtet zu haben. Aus dem 14. Jahrhundert erfahren wir über dergleichen Anfeindungen und Bedrückungen weniger, obwohl es manche Friedensstörungen und Erbstreitigkeiten gab. Daß die Besitzungen des Klosters im 14. Jahrhundert noch bedeutend zunahmen, beweisen die zahlreichen Schenkungs- und Kaufurkunden jener Zeit; dagegen werden sie im 15. und noch mehr im 16. Jahrhundert immer geringer. Aber im 14. Jahrhundert muß Hude sehr ausgedehnte Baulichkeiten gehabt haben, wie aus den Angaben mehrerer Chronisten erhellt, welche sagen, es habe 300 Zellen gehabt. Selbst wenn wir einigen Zweifel in die Richtigkeit dieser großen Zahl setzen, so läßt sich doch schon nach der aus den Ruinen zu ermittelnden Größe der Kirche und aus der Menge der damals zum Kloster gehörenden Ländereien schließen, daß die Chronisten Recht haben, wenn sie es als ein „königliches, herrliches und vornehmes" bezeichnen. Das Kloster war also für die Mönche mit einer großen Zahl von Zellen versehen, wie sie sich gewöhnlich im oberen Geschosse des Kreuzganges zu befinden pflegten; gewiß auch mit Kapitelhaus, Refectorium, Dormitorium und den übrigen Nebengebäuden, welche jedes größere Cisterzienserkloster zu haben pflegte. Alle diese Baulichkeiten müssen einen weiten Raum umfaßt haben, wie sich aus den in der ganzen Gegend des Dorfes Hude noch vorhandenen Steintrümmern schließen läßt. Doch stimme ich mit Muhle weder darin überein, daß er die Vermuthung aufstellt, die eigentlichen Klostergebäude hätten sich östlich von der Kirche befunden, noch darin, daß er der Angabe Glauben schenkt, es sei bei der Zerstörung der Kirche ein großer Thurm des Klosters nach dem östlichen Ende des Baumhofes, d. h. eine Strecke von etwa 700 Fuß weit gefallen. Denn erstlich bildete in der klösterlichen Clausur, d. h. dem Complex der das Kloster ausmachenden Baulichkeiten die Kirche gewöhnlich die nördliche, seltener die südliche Seite, so daß die Klostergebäude auch hier wahrscheinlich nicht im Osten der Kirche lagen, sondern sich an eine der beiden Langseiten desselben anschlossen. Zweitens hatte wenigstens die Kirche, der Gewohnheit der Cisterzienser gemäß, keinen hohen Thurm; ob das Kloster einen anderen, isolirt stehenden Thurm gehabt hat, der als Wahrzeichen oder Feuersignal diente, wie Einige wollen, ist nicht mehr zu ermitteln. Ich kann daher auch auf die Richtigkeit einer angeblich alten Abbildung, die, im Original verloren, in einer Copie im Besitz des Pastor Muhle war, durchaus kein Gewicht legen und ihr zufolge dem Kloster fünf Thürme verleihen, drei gleich hohe und zwei kleinere, weil eine so reiche Zahl von Thürmen der Einrichtung eines Cisterzienserklosters durchaus nicht entspricht. Dem Urheber jener Zeichnung mögen die Benedictinerkirchen vorgeschwebt haben, die mit hohen und zahlreichen Thürmen versehen zu sein pflegten. Dagegen mag das Innere der Kirche, trotz der im Allgemeinen herrschenden bekannten Einfachheit des Cisterzienser=Ordens, doch manche Kostbarkeiten, Reliquien und Gräber von Personen aus dem gräflich Oldenburgischen Hause gehabt haben.

So viel ist gewiß, daß schon im 15. Jahrhundert, etwa gegen die Mitte desselben, der allmähliche sittliche und somit auch der materielle Verfall des Klosters zu Hude begann. Aus dieser Zeit wird uns nämlich von mehreren Versuchen, die strenge Zucht und Ordnung in Hude wie in

Rastede wiederherzustellen, berichtet. So insbesondere von dem Grafen Gerhard von Oldenburg aus dem Anfange der zweiten Hälfte des 15. Jahrhunderts. Die Versuche blieben fruchtlos. Die Mönche führten, wie der Chronist sagt, „ein wüstes Leben mit losen Weibspersonen und thaten, was sie wollten", und, wie der andere Chronist sich ausdrückt, „verstanden es besser aus Humpen zu schöpfen als aus Büchern." Und mit dieser Sittenlosigkeit, geistigen und geistlichen Verwahrlosung, ging die Vernachlässigung der Verwaltung der Kirchengüter Hand in Hand, so daß der eingetretene Geldmangel in den ersten Decennien des 16. Jahrhunderts manche Veräußerung von Grundstücken und Zehnten herbeiführte. Das war auch vermuthlich der Grund, weshalb der Bischof von Münster, Osnabrück und Minden, Franz, Graf von Waldeck, „der beim Antritt seiner Regierung zu Minden sich gegen Alle wie ein frommes Lamm betrug, nachher aber in seinem Eifer viel niederriß und zerstörte", der der Reformation zugethan und ein Feind aller Mönche war, dem Kloster Hude ein Ende zu machen beschloß. Weil es ihm aber dazu an hinlänglicher Veranlassung fehlte, so erfand die geschäftige Fama die folgende: Die Huder Mönche besaßen zwei trefflich abgerichtete Pferde, die ohne Führer nach verschiedenen Gegenden abgeschickt werden konnten und zu rechter Zeit zurückkehrten. Diese Pferde begehrte der Bischof. Als sie ihm verweigert wurden, sandte er Boten aus, die aber nicht wieder heimkehrten. Da kam er 1536 mit einem von dem tapferen Wilke Steding befehligten Heere, nahm das Kloster ein und zerstörte einen Theil desselben, wobei die Mönche, wie es heißt, durch einen unterirdischen Gang die Flucht ergriffen. Also die Stebinger als Feinde bei der Entstehung des Klosters, und ein Steding als Feind bei dem Untergange desselben. Die Oldenburgischen Grafen erhoben zwar wegen dieser Gewaltthätigkeit Klage bei dem Reichskammergericht in Speier, worauf im folgenden Jahre ein Verbot gegen fernere Angriffe auf das Kloster erfolgte; aber der Bischof Franz achtete so wenig darauf, daß er schon 1538 wieder kam und nunmehr auch die Kirche zerstörte, deren Altargeräthe und sonstige Kostbarkeiten nach Münster geschafft wurden. So hat das Kloster drei Jahrhunderte bestanden, das erste im Wachsthum, das zweite in der Blüthe, das dritte im Verfall.

Was für uns aus der Zerstörung noch gerettet worden ist, wird der die Ruinen beschreibende Abschnitt mit Hülfe des Titelblattes und des auf der zweiten Tafel dargestellten Grundrisses zeigen.

III. Beschreibung des Baues.

So einfach und klar die Geschichte des Klosters in Hude ist, eben so klar ist auch die Vorstellung, welche man sich nach den vorhandenen Ruinen von der Beschaffenheit der Kirche, die Chorpartie ausgenommen, machen kann. Was nämlich, wie der Grundriß Taf. II Fig. 1 zeigt,*) jetzt noch vorhanden ist, besteht aus den Arkaden, welche mit der sich darüber erhebenden Mauer das Mittelschiff vom südlichen Seitenschiff trennten. Zu diesem Hauptstück der Ruine gesellen sich von den Umfassungsmauern

---

*) Die dunkelen Schraffirungen des Grundrisses bezeichnen das noch Vorhandene, die helleren die Ergänzungen.

glücklicherweise noch die beiden Ecken beider Flügel des nur wenig vorspringenden Querschiffes, die nördliche Ecke des Chorendes (also der Ostseite), sowie die südliche und nördliche Ecke der bis zur Westfaçade sich erstreckenden Seitenschiffe.

Das Material.

Das Material dieser Ruinen besteht in den glatten Mauerflächen durchweg aus rothem Backstein, der an den größeren Flächen mit ziemlich stark aufgetragenem Verputz überzogen gewesen zu sein scheint; in allen Gesimsen und gegliederten Theilen der Pfeiler, Blenden, Fenster u. s. w. aus abwechselnd hellen und dunkelen Schichten glasirter geformter Ziegel, in Kapitälen, Consolen und ornamentalen Theilen aus gebranntem Thon, der sich, obgleich bereits mehr als drei Jahrhunderte allen Einflüssen der Witterung ausgesetzt, wunderbar schön erhalten hat, und dabei in den Engelköpfchen, den Thierlarven und dem Blätterwerk eine für jene Zeit staunenswerthe Anmuth und Lieblichkeit entfaltet. Ueberhaupt legt die ganze Ruine einen Beweis davon ab, auf welcher hohen Stufe der Vollkommenheit bereits im zweiten Viertel des 13. Jahrhunderts die Kunst des Ziegelformens und Ziegelbrennens in dortiger Gegend stand, während in den Kirchenbauten des benachbarten Bremen damals noch keineswegs überall der Backstein herrschte.

Der Kern, d. h. das Innere der fast überall sehr dicken Wände besteht aus Gußmauerwerk, das zwischen regelmäßige Backsteinschichten eingegossen ist. Diese Schichten werden fast nur durch s. g. Läufer gebildet, d. h. durch Steine, deren lange Seite in der Flucht der Mauer liegt, während die kurze Seite in die Mauer hineingeht; woher es sich erklärt,

daß trotz des vortrefflichen Bindemittels, des Muschelkalks,
ganze Wandflächen dieses regelmäßigen Mauerwerks sich ab=
gelöst haben.

Der Grundriß.

Das Erste, was aus diesen Ruinen für die Bestimmung
des Baues erhellt, ist, daß die Kirche eine gewölbte Pfeiler=
Basilika war, d. h. sie hatte ein hohes Mittelschiff, das
durch Pfeilerarkaden von den niedrigeren Seitenschiffen ge=
schieden wurde. Das Mittelschiff hatte nämlich hier, wie in
vielen Basiliken, die doppelte Höhe und doppelte Breite
jedes der Seitenschiffe. Jenes bestand aus drei, diese aus
sechs fast quadratischen Jochen. Diesen drei Schiffen, die
zusammen ein völlig quadratisches Langhaus bildeten, schloß
sich ein Querschiff an, dessen mittlerer Raum gleichfalls ein
Quadrat war, während die nur um die Mauerdicke, d. h.
nur etwa 3½ Fuß vorspringenden Kreuzarme ein Rechteck
bildeten, dessen längere Seiten von West nach Ost gingen.
An den mittleren Raum des Querschiffs lehnte sich der viel=
leicht um einige Stufen erhöhte Chor, dessen Gestalt sich
aus der glücklicherweise noch erhaltenen nordöstlichen Ecke
desselben ergiebt. Seine Breite war' nämlich, wie gewöhn=
lich, der des Mittelschiffes gleich, seine Länge war aber
selbst für eine Cisterzienserkirche sehr bedeutend. Neben dem
Chor setzten sich, wie aus dem östlichen Maueransatz des
nördlichen Kreuzflügels (Taf. II., Fig. 1, a) hervorgeht, die
Seitenschiffe in ihrer früheren Breite und Höhe fort; ja es er=
hellt sogar aus dem stark vorspringenden Strebepfeiler (b) des
Chorendes (der nicht diagonal, sondern im rechten Winkel
mit den Umfassungsmauern steht), und aus dem daran be=

findlichen Stück der Schlußmauer des Seitenschiffs (c), daß
die Seitenschiffe des Chors sich bis an das Ende desselben
erstreckt haben.

Die Haupt=Dimensionen des Grundrisses sind:
1) Länge des Mittelschiffs und Breite des Langhauses 85 F.
2) Breite des Mittelschiffs bis zur Pfeileraxe 43 F.
3) Breite der Seitenschiffe 21¼ F.
4) Länge des Chores 77 Fuß.
5) Gesammtlänge im Lichten 200 Fuß.

Es lassen sich also die Umfassungsmauern des ganzen
Baues, auch der Chorpartie, aus den vorhandenen Ruinen
mit Leichtigkeit bestimmen, und eben daraus geht hervor,
daß das Langhaus gegen die Gewohnheit der Cisterzienser=
kirchen verhältnißmäßig sehr kurz, daß dagegen der Chor der
Gewohnheit der Cisterzienserkirchen, wie überhaupt der nieder=
sächsischen Kirchen damaliger Zeit gemäß, platt geschlossen
war. Was sich aber in Betreff des Grundrisses nicht
mit Sicherheit angeben läßt, ist die innere Anordnung des
Chores und seiner Seitenschiffe. Doch läßt sich, da grade
der Chor der Cisterzienserkirchen eine ganz eigenthümliche
Einrichtung zu haben pflegt, über den der unsrigen gar
leicht eine begründete Vermuthung aufstellen. Fast allen
Kirchen dieses Ordens ist wenigstens im 12. und 13. Jahr=
hundert der rechtwinklige Schluß des Chores oder, richtiger
gesagt, des Altarhauses gemein; aber eine Grundverschieden=
heit zeigen sie darin, daß bei den einen die Seitenschiffe
einen niedrigen Umgang um den Chor bilden, und daß sich
an diesen ersten Umgang ein zweiter anschließt, der aus
kleinen, noch niedrigeren Kapellen besteht. So z. B. in
den Klosterkirchen zu Ribbagshausen bei Braunschweig,

Ebrach bei Bamberg und etwas vereinfacht auch in Marien=
feld bei Gütersloh in Westfalen. Bei den andern dagegen
fügen sich beiden Kreuzarmen im Osten je zwei längliche, eben=
falls platt geschlossene Kapellen an, während der Chor selbst bis
an das Ostende der Kirche sich erstreckt; so z. B. in Loccum,
in Maulbronn, in Bebenhausen bei Tübingen, Eberbach im
Rheingau, und sehr stark ausgebildet in Zinna bei Jüter=
bog. Gehört also, fragen wir daher, der Chor unserer
Klosterkirche einer von diesen Gruppen an? Hatte er Aehn=
lichkeit mit der Choreinrichtung einer dieser beiden Gruppen?
Auf diese Frage muß ich streng genommen nein antworten.
Der ersteren Gruppe kann er deshalb nicht ähnlich gewesen
sein, weil aus dem Mauerstück des Chorendes erhellt, daß
die Seitenschiffe sich nicht um den Chor herumgezogen haben,
sondern das Mittelschiff des Chores sich in seiner ganzen
Höhe bis ans östliche Ende erstreckte. Und der letzteren
Gruppe eben so wenig, weil der Chor in Hude dazu viel
zu lang ist, und weil das Ende seiner Seitenschiffe mit
dem Ende seines Mittelschiffs in gleicher Flucht liegt, was
in der zweiten Gruppe nicht der Fall ist. Es bleibt mir
daher nichts Anderes übrig, als hier eine sehr entfernte Ver=
wandtschaft mit jener ersten Gruppe anzunehmen, die nur
darin besteht, daß die Seitenschiffe unseres Chores niedrige,
wahrscheinlich durch Zwischenmauern von einander getrennte
Kapellen gebildet haben müssen, welche, vom Mittelschiff
aus zugänglich, sich von Nord nach Süd erstreckten, also
den äußersten Kapellen in Ribbagshausen und in Ebrach
ähnlich waren. Dagegen kann es natürlich am Ostende
des Chormittelschiffs keine solche Kapellen gegeben haben.
Wenn man nun annimmt, daß das Chormittelschiff aus

zwei großen quadratischen Jochen bestanden hat, so ist es sehr wahrscheinlich, daß jedes der daran stoßenden Seitenschiffe vier solcher Kapellen hatte; wenn aber, was eben so gut möglich ist, das Chormittelschiff drei oblonge Joche bildete, so mögen die Seitenschiffe je sechs Kapellen gehabt haben. Letzteres ist durch die Ergänzungen unseres Grundrisses (Taf. II.) angedeutet.

Was im Uebrigen am Grundriß auffallend sein möchte, ist das geringe Heraustreten der Kreuzarme, mehr noch die Kürze des Langhauses und die verhältnißmäßig bedeutende Länge des Chors; lauter Eigenthümlichkeiten, die sich in der Anlage der deutschen Cisterzienserkirchen, die ein sehr gestrecktes Langhaus und ein weit vorspringendes Querschiff lieben, meines Wissens sonst nicht finden; obgleich es eigentlich schwer zu erklären ist, warum sie gewöhnlich ein so gestrecktes Langhaus hatten, da die Laien nur selten, die Frauen aber nie zu den Kirchen der Cisterziensermönche Zutritt hatten. Um so leichter ließe sich daher hier in Hude die Kürze des Langhauses und die Länge des Chors erklären.

Der Aufbau.

Betrachten wir nunmehr den Aufbau, so weit er sich aus den Ruinen noch ersehen läßt.

Sowohl der Grundriß, als die vom Querschiff aus gesehene perspectivische Ansicht der Ruine (Titelblatt) zeigen uns fünf gleich starke Arkadenpfeiler von achtseitigem Kern, deren Profil Taf. II., Figur 2 zeigt. Man sieht daraus, daß die vier schrägen Seiten der Pfeiler durch eine Hohlkehle und zwei Rundsäulchen gegliedert sind, während die dem Mittelschiff und dem Seitenschiff zugekehrten Stirnseiten glatte Vorlagen bilden. Diese Vorlagen dienten nur in den Seitenschiffen, nicht im Mittelschiff zur Aufnahme der Ge= wölberippen. Das Verhältniß dieser Arkadenpfeiler zu ihren Zwischenräumen ist wie 1 : 2. Das Kapitäl der Pfeiler wird durch ein um dieselben laufendes Gesims aus Formsteinen gebildet, welches im Mittelschiff durch die Vorlagen unter= brochen wird, in den Seitenschiffen sich dagegen um die Vorla= gen herumzieht. Unter diesem Gesims schließen die eben er= wähnten Rundsäulchen mit einem hübschen Blattkapitäl, die Hohlkehlen mit einem schneckenartig aufgerollten Blatte ab. Der im Grundriß weiter nach Osten folgende Pfeiler (d) ist einer der vier, welche den Mittelraum des Querschiffs, die s. g. Vierung begrenzten. Er ist ähnlich gebildet, wie die Arkadenpfeiler, aber stärker und an seinen vier schrägen Seiten reicher gegliedert, wie das Profil desselben Taf. II., Fig. 3 zeigt. Leider läßt sich aber gar nicht angeben, wie die Basis aller dieser sechs Pfeiler beschaffen ist, da sie nur etwa 7½ bis 8 Fuß aus der Erde hervorragen, und der Boden in der Kirche und ringsumher jetzt um etwa 5, an manchen Stellen auch wohl 6 Fuß höher ist, als er zur Zeit der Erbauung war. (Deshalb läßt sich auch über den ehemaligen Fußboden der Kirche nichts bestimmen, doch ist es nach den Ornamenten derselben sehr wahrscheinlich, daß er aus quadratischen gebrannten Thonfliesen bestanden hat). Ueber den Pfeilergesimsen steigen die stark gestelzten, spitzen Arkadenbogen auf, deren Ecken gegliedert sind durch die ge= nannten von den Pfeilern her fortgesetzten Hohlkehlen und Rundstäbe. Das ist also das Erdgeschoß der Mittelschiff= mauer.

Im Mittelschiff läuft über den Arkaden ein durch die Pfeilervorlagen unterbrochenes Gesims aus Formsteinen hin, das zugleich die Grundlinie der spitzbogigen Mauerblenden ausmacht, welche das zweite Geschoß dieser Mittelschiff= mauer bilden. Dieser Blenden sind stets zwei über jedem Arkadenbogen. Sie werden abwechselnd entweder durch die bis zum Fuß ihrer Spitzbogen aufsteigenden Vorlagen der Pfeiler, oder durch einen Wandpfeiler geschieden, der auf einer zierlichen Console die Spitzbogen der Blenden trägt. Ueber diesen Mauerblenden zieht sich wiederum, als Ab= grenzung des zweiten vom dritten Geschoß, ein horizontales Gesims hin, das zugleich als Fußpunct der Gewölbe dienend, etwas reicher gegliedert ist, als das untere. In diesem dritten Geschoß befinden sich die verhältnißmäßig nur kleinen oberen Fenster, von denen eins auf jedes der drei Joche des Mittelschiffes kommt. Zu beiden Seiten dieser Fenster be= leben Mauerblenden mit Rundsäulchen den Raum des die Fenster umrahmenden Wandbogens. Von diesem oberen Gesims steigen die ungegliederten Wandbogen und die von Consolen getragenen Gewölberippen des Mittelschiffes auf, deren Profil schon ganz die Form einer Birne hat, wie sie den gothischen Gewölberippen eigenthümlich ist. Nur in der westlichen Ecke der Mittelschiffmauer und in den Kreuzarmen ruhen die Kreuzrippen auf Säulchen, die vom Fußboden aufsteigen, während die Kreuzrippen in der Chorecke auf Consolen aufsetzen. Eben so befinden sich am Pfeiler der Vierung (d) zur Aufnahme der Längen= und der Kreuz= rippen Säulchen, die vom Fußboden aufsteigen.

Besonders zierlich und stets mannichfaltig in ihrer Bil= dung sind die aus gebranntem Thon bestehenden Consolen der Gewölberippen. Nur eine derselbe (Taf. II., Fig. 4.), welche den das Mittelschiff von der Vierung scheidenden Bogen trug, besteht in ihrem oberen, fünfseitig vorspringenden Theile aus Sandstein, in dem darunter befindlichen menschlichen Gesichte aus gebranntem Thon.

Werfen wir jetzt einen flüchtigen Blick auf die noch nicht erwähnten Eigenthümlichkeiten der dem Seitenschiffe zugekehrten Seite der Hauptruine. Sie ist in ihrem oberen Theile zugleich die Außenmauer des Mittelschiffs. Da macht sich zunächst eine Reihe von hohen, schmalen Mauerblenden bemerklich, die sonderbarer Weise bis unterhalb des Scheitelpunkts der Arkadenbogen herabgehen und so geordnet sind, daß je zwei zwischen zwei Arkadenbogen stehen, und außerdem eine über dem Scheitel des ersten, dritten und fünften Bogens. Weiter oben zeigt die Außenmauer zwischen den oberen Fenstern ebenfalls Blenden, die in ihrem kaum noch sichtbaren Spitzbogenfelde mit einem gemauerten Muster von Zickzack oder Flechtwerk ausgefüllt sind.

Was sich außer dem bereits oben namhaft Gemachten an den übrigen Ruinen, unter denen besonders die Erhaltung des Stückes vom östlichen Ende des Chors von Wichtigkeit ist, bemerklich macht und merkwürdig ist, das ist der Ansatz zweier großen Fenster, des einen am Ostende, des anderen am Westende der Kirche. Beide hatten ein durch kleine Rundstäbe, rechtwinkelige Einschnitte und birnenförmige Stäbe reich gegliedertes Profil, und waren in ihrem Spitzbogenfelde vermuthlich mit Maaßwerk aus Formsteinen ausgefüllt. So zweckmäßig beide auch sein mochten, um dem ganzen durch die oberen Fenster nur spärlich erleuchteten mittleren Raum mehr Licht zu verleihen, in eben so auf=

fallendem Gegensatze standen sie zu diesen oberen Fenstern. Auch wüßte ich keine andere Cisterzienserkirche des dreizehnten Jahrhunderts, die an der Ostseite nur ein großes Fenster hätte. Die Westfaçade hat ein solches mehrfach aufzuweisen, z. B. in Doberan, in Walkenried das große viertheilige, das etwas jünger ist, als die Westseite in Hude; eben so in Altenberg bei Köln, wo aber das brillante westliche Fenster der Mitte des vierzehnten Jahrhunderts angehört. Auch die Fenster an den Enden der Kreuzarme, die ähnlich gegliedert waren, wie die beiden eben genannten, und die drei Portale der Kirche lassen sich in ihren Ansätzen noch erkennen. Zwei derselben, die sich in den Schlußmauern der Kreuzarme befanden, waren einfach spitzbogig, das dritte, welches die Westfaçade hatte, war in flachem Stichbogen geschlossen und vermuthlich von derselben Breite, wie das darüber liegende Fenster.

Aus dem Grundrisse sieht man, daß in der westlichen Ecke beider Kreuzarme in der Mauer je eine kleine Wendel= treppe liegt; die Stufen beider bestehen aus je zwei Schichten von Backsteinen; die des nördlichen Kreuzarmes ist noch recht wohl zu besteigen.

Der Bauzeit unserer Kirche ganz entsprechend, ist das System der Strebepfeiler noch sehr wenig darin ausgebildet. Die obere Mauer des Mittelschiffs zeigt durchaus keine ver= stärkende Pfeiler. Ziemlich schwach sind auch die an den Ecken der Kreuzarme (Grundriß, bei e), und am nordwest= lichen Ende des Langhauses (Grundriß, bei f), die noch keinesweges diagonal stehen, sondern im rechten Winkel zu ihren Mauern. Etwas stärker ist der am westlichen Ende der Hauptruine sich findende, jetzt mit Epheu bis zur Spitze hin vielleicht allzu schwer umrankte Strebepfeiler (Grundriß, bei g); bedeutend stärker dagegen der am Nordostende des Chores (Grundriß, bei b) stehende, an dem die Epheubedeckung bereits größtentheils abgestorben ist. Er fungirt in der That als solcher, indem er in verschiedenen Höhen absetzt, auch einmal an Breite abnimmt. Aber weder dieser Umstand, noch der, daß die Umfassungsmauern der Seitenschiffe des Chores schwächer waren, als die der Seitenschiffe des Lang=hauses, daher auch wahrscheinlich mit leichten Strebepfeilern versehen, ist hinreichend, um deshalb die ganze Anlage des Chores für bedeutend jünger zu halten, als die übrigen Theile der Kirche, wo die Umfassungsmauern auch ohne Strebepfeiler stark genug waren, um dem Schub der Ge=wölbe zu widerstehen.

Schlußwort.

Wenn wir die baulichen Eigenthümlichkeiten der Cister=zienserkirche zu Hude noch einmal kurz zusammenfassen, so weit sich dieselben aus den vorhandenen Ruinen ergeben, so finden wir hier eine Pfeiler=Basilika, die ganz der Weise des Ordens gemäß als eine liebliche Oase mitten in san=diger, öder Gegend liegt. Sie hat, obwohl dem gothischen Uebergangsstil angehörend, bei gleich starken Arkadenpfeilern doch noch das alte System der romanischen Wölbung beibe=halten, nach welchem zwei quadratische Joche des Seitenschiffes auf ein quadratisches Joch des Mittelschiffs kommen. Die Ge=wölbe des Mittelschiffs sind hier noch viertheilig, während meh=rere nicht nur zeitlich, sondern auch örtlich nahe liegende Kirchen sechstheilige Gewölbe haben, z. B. die meisten Kirchen Bremens, ebenso Walkenried am Harz. Auch im Mangel am durchgebildeten System der Strebepfeiler verräth sich der erste Beginn der Gothik, während dagegen die Profile der Gewölberippen und der Thür= und Fensterwände schon einer ziemlich ausgebildeten Gothik entsprechen. Eigenthümlich ist auch der Contrast in den Dimensionen der Fenster: die kleinen roma= nischen sind als obere Fenster des Mittelschiffs beibehalten, die großen Maueröffnungen, welche die Gothik liebt, an den Schlußmauern des mittleren Raumes. In der Anlage des Chores herrschte wenig Uebereinstimmung mit irgend einer anderen uns bekannten Cisterzienserkirche; doch ist leider dar= über, wie über manches Andere, nichts mit Bestimmtheit anzugeben. Daß die Kirche dem Gebote des Ordens ge= mäß keinen Thurm hatte, als höchstens einen Dachreiter über dem Mittelraum des Querschiffs, scheint ebenfalls aus den vorhandenen Ruinen hervorzugehen. Daß sie aber, wie Einige gewollt haben, der genannten Eigenthümlichkeiten wegen auf directe französische Einflüsse zurückzuführen, und etwa anzunehmen ist, sie sei durch einen von dem französi= schen Mutterkloster Citeaux hieher gesandten Baumeister er= richtet worden, will mir deshalb nicht einleuchten, weil in Frankreich die Technik des Backsteinbaues und der Form= ziegel damals ungleich weniger ausgebildet war, als in Deutschland.

Wir scheiden von unseren Ruinen mit dem Wunsche für die Zukunft, daß sie in ihrer vollen Schönheit uns und unseren Nachkommen unversehrt erhalten werden, und mit dem Wunsche für die Gegenwart, daß es den Forschern der Denkmale unserer Vergangenheit vergönnt sein und gefallen möge, auf dem Boden der Kirche wenigstens so viele Nach= grabungen anzustellen, daß wir dadurch Aufschluß über die

ehemalige Anordnung des Chores, über den Fuß der Ar=
kadenpfeiler und die Beschaffenheit des Fußbodens der Kirche
erhalten. Dann würden die hauptsächlichsten der uns bis
jetzt über die Klosterkirche gebliebenen Räthsel gelös't werden.
Daß im Interesse der Wissenschaft diese Erlaubniß ertheilt
werden wird, bezweifeln wir eben so wenig, als daß man,
sei's von Bremen, sei's von Oldenburg aus, von dieser
Erlaubniß gar bald Gebrauch machen wird.

In den Trümmern der Klosterkirche zu Hude.

Von **Hermann Allmers**.

Sind auch ohne Dach die Reste
Dieser mächtigen Abtei,
Buchenlaub und Tannenäste
Sorgen, daß es schattig sei.

Wallen keine Weihrauchwolken
Vom Altare durch die Luft,
Hauchen doch die alten Fichten
Ihren würz'gen Waldesduft.

Meßgeläut' und Mönchschoräle
Schweigen in den Mauern lang';
Dafür dringt aus frischer Kehle
Lust'ger Vöglein Waldgesang.

Sonnenlicht und Wolkenschatten
Spielen wechselnd um's Gestein,
Und von oben strahlt der blaue
Himmel durch's Gezweig herein.

Hoch auf Mauern, tief im Grunde,
Hier im Schiffe, dort im Chor
Ringt ein reiches Pflanzenleben
Freudig sich zum Licht empor.

Und ein selig stilles Träumen
Ist's im eingeschloss'nen Grün,
Wo aus alten heil'gen Räumen
Wieder junge Lieder blüh'n.

Druck von G. Hunckel in Bremen.